超絶短詩集

物騒ぎ

篠原資明

超絶短詩集　物騒ぎ　篠原資明

目次

物騒ぎ

嵐

あら　詩

秋

あ

黄

愛妻

あ

異彩

明るい

あ

軽い

赤字

あ

火事

悪意

あ

杭

欠伸

あ

首

阿呆

あ

帆

あらまほし

あらま

星

十六夜

いざ

酔い

魚

う

尾

兎

う

詐欺

団扇

う

痴話

現

う

筒

旨い

う

舞い

膿み

う

身

液晶

え

気象

男

お床

帯

お　美

花魁

おい 蘭

オウム貝

おう

無害

大銀杏

おおい　蝶

オットセイ

おっと

性

親爺

おや　痔

御休み

おや

墨

女形

おや　魔

家畜

蚊

ちく

花梨

果

りん

カーペット

かー

ペット

貴族

気

ぞく

キャスター

きゃ

スター

九官鳥

きゅう

浣腸

漁業

ぎょぎょ　　鵜

景気

け

息

迎賓館

げ

遺品棺

傑作

けっ

柵

焦げ

粉

げ

骰子

犀　ころ

盃

さ

被衣

悟り

さ

鳥

サファイア

さ

ファイア

五月雨

さ

乱れ

霜

し

喪

酒気

し

雪

初潮

し

予兆

皺

死

わ

湿気

しっ

毛

虱

しら

身

シンプル

芯

ぷる

スカート

すかー

扉

涼しい

鈴

しい

すっきり

すっ

霧

雑巾

ぞう

菌

魂

玉

しい

チューリップ

ちゅー

リップ

つんけん

つん

剣

哲学

鉄

がく

トラブル

虎ぶる

情け

な

酒

悩み

な

闇

荷厄介

にやつ

貝

ヌード

ぬ

独活

寝坊

根

ぼう

墓

は

香

破綻

は

痰

花

は

名

花見

は

波

ハイカラ

はい　殻

ハイセンス

はい

扇子

膕

ひ

鏡

悲惨

ひ

酸

批評

ひ　雹

秘密

ひ

蜜

悲鳴

ひ

銘

疲労

ひ

蠟

響く

火

びく

ピーナツ

ぴー

夏

瓢簞

ひょう

丹

貧乏

罎

ぼう

不憫

ふ

鬢

冬

ふ

湯

醜女

ぶ

酢

平和

へ

岩

平安

ヘイ

餡

捕鯨

ほ

芸

忘却

ぼう　　客

孑孑

棒　ふら

勃起

ぼっ

木

誠

ま

琴

豆

ま

目

猥ら

身

だら

むか

む

蚊

軀

む

黒

鞭

む

血

馬陸

や

素手

柳

や

凪ぎ

鎧

よろ

威

別れ

わ

彼

山葵

わ

錆

鶯

わ

死

超絶短詩集『物騒ぎ』マニュアル——あとがきに代えて

この詩集も、方法詩の試みである以上、詩作の規則の提案を前提としている。その規則は次のとおり。

① 語を二つに分解して、それらを一行の上端と下端に寄せ、間に空白をもたせること。この場合、分解される元の語と、分解された後の言語表現とは、同じ音列とならねばならない。なお、分解される元の語がタイトルとなる。

② 分解される元の語、あるいは分解された後の語の、少なくともいずれかが、物もしくは物的現象を表わすこと。

③ 分解された後の語の、少なくともひとつが、広義の間投詞であること。広義のというのは、擬音語と擬態語も、そこに含ませるからである。

④ 分解される元の語と、分解された後の語との間に、なんらかの関連性への思いが込められ

ていること。

この超絶短詩集の方法は、詩はどれだけ短くできるかという、ぼくの数年来の問いかけに対する、ひとつのささやかな答えである。そして、その最初の試みが『物騒ぎ』となったのは、物に叫ばせてみたいという、かねてからの念願と結ばれたからだろう。このような念願を、ぼくに抱かせるきっかけを与えてくれたフランシス・ポンジュ。この南仏の詩人も亡くなってしまった。この詩集が、ポンジュへの、ぼくなりの供養ともなればと思う。

物騒ぎ（新装版）

発行日・一九九六年十二月二十五日
定　価・一八〇〇円（税込）
著　者・篠原資明
発行者・木村栄治
発行所・七月堂
東京都世田谷区松原一—三八—五
電話　〇三（三三二五）五七一七
振替　〇〇一七〇—六—八〇六九一
印刷・製本・トーヨー社

ISBN4-87944-009-4 C0092